KB220465

박
인
환

시
집

목마와 숙녀

목마와 숙녀

박인환(1926년~1956)

1926년 강원도 인제군 인제면 상동리에서 출생. 평양 의학 전문학교를 다니다가 8·15 광복을 맞으면서 학업 중단. 종로 2가 낙원동 입구에 서점 '마리서사'를 개업. 1946년(21세) 국제신보에 「거리」라는 작품으로 문단에 등단. 6·25 동란이 일어나자, 9·28 수복 때까지 지하생활을 하다가 가족과 함께 대구로 피난, 부산에서 종군기자로 활동, 경향신문사를 거쳐 대한 해운공사 소속 화물선 사무장으로 미국을 다녀오기도 함. 김경린, 김수영, 임호권, 김병욱 등과 모더니즘 운동에 참여 왕성한 시작 활동을 펼침. 1956년 31세의 짧은 나이로 사망.

〈마리서사〉 서점, 박인환이 경영하던 외국도서를 주로 취급했다.(1947년 3월 임호권과 함께)

* 1951년 겨울 남산에서
왼쪽부터 김광주, 박인환, 이봉래

* 결혼 사진, 1948년 봄 덕수궁에서 이정숙과 결과

종군기자 시절의 박인환(1951년 8월)

6.25동란 피난시절 부산에서
김경린, 조영암, 박인환, 김광주
영화배우 최은희, 유계선 등이
보인다

* 1955년 미국 여행 후
  수운회관에서, 왼쪽부터
  박태진, 유두연,
  이진섭, 박인환

* 자유문학상 시상식에서
  왼쪽부터 김종문, 양명문,
  안수길, 박계주, 백철,
  조병화, 박인환, 곽하신

〈박인환 선 시집〉 출판기념회
왼쪽부터 박인환 부부가 보인다.

차례

목마와 숙녀 –13

세 사람의 가족 –16

낙하 –18

영원한 일요일 –20

기적인 현대 –22

불행한 신 –24

미래의 창부 –26

벽 –28

불신의 사람 –30

눈을 뜨고도 –32

센티멘털 쟈니 –35

행복 –38

지하실 –40

거 리 –42

이국 항구 –45

새벽 한 시의 시 –46

부드러운 목소리로 이야기할 때 –48

한 줄기 눈물도 없이 –50

어린 딸에게 –52

고향에 가서 –54

식민항의 밤 –56

무도회 –58

가을의 유혹 –60

사랑의 Parabola –62

구 름 –64

전 원 –66

나의 생애에 흐르는 시간들 –70

장미의 온도 –72

세월이 가면 –74

불신의 사람 –76

1953년의 여자에게 –78

15일간 –81

살아 있는 것이 있다면 –84

밤의 노래 –86

의혹의 기旗 –88

일곱 개의 층계 –90

식물 –93

회상의 긴 계곡 –94

최후의 회화 –96

충혈된 눈동자 –98

어느날 –100

에베레트의 일요일 –102

다리 위의 사람 –104

잠을 이루지 못하는 밤 –106

검은 강 –109

신호탄 –111

서부전선에서 –113

새로운 결의를 위하여 –115

이 거리는 환영한다 –117

어떠한 날까지 –121

불행한 샹송 –123

박인환(朴寅煥) 생애와 작품연대–125

하늘과 별에 이르는 마음은 푸른 빛을 깨치며 깊은 심산에 진달래꽃으로 피었다가 슬픈 강물이 되어 광야에 메아리쳤다. 때로는 잠들지 못하는 영혼으로 아시아의 밤을 밝히면서 새벽빛 속을 달려 올 초인을 고대하기도 하였다.

한편으로는 빼앗긴 들에서 봄보다 더 잔혹한 포연과 화약 냄새가 진동하는 '검은 준열의 시대'를 살아야 했던 그들은 날카로운 눈빛으로 현실을 직시하며 작품을 통해 불안과 절망과 대결하는 시정신을 표출해 냈다.

'시를 쓴다는 것은 내가 사회를 살아가는 데 있어서 가장 의지할 수 있는 마지막 용기였다. 나는 지도자도 아니며 정치가도 아닌 것을 잘 알면서 사회와 싸웠다.'

이제 우리는 그들의 아름다운 삶을 위하여 작은 사랑을 약속하며 이 시집의 영롱한 화원을 달빛처럼 산책하면서 마음의 숲을 가꾸어야 한다.

목마와 숙녀

한 잔의 술을 마시고
우리는 버지니아 울프의 생애와
목마를 타고 떠난 숙녀의 옷자락을 이야기한다.
목마는 주인을 버리고 거저 방울소리만 울리며
가을 속으로 떠났다. 술병에서 별이 떨어진다.
상심한 별은 내 가슴에 가벼웁게 부숴진다.
그러나 잠시 내가 알던 소녀는
정원의 초목 옆에서 자라고
문학이 죽고 인생이 죽고
사랑의 진리마저 애증의 그림자를 버릴 때
목마를 탄 사랑의 사람은 보이지 않는다.
세월은 가고 오는 것
한때는 고립을 피하여 시들어 가고
이제 우리는 작별하여야 한다.
술병이 바람에 쓰러지는 소리를 들으며
늙은 여류작가의 눈을 바라다보아야 한다.

……등대……
불이 보이지 않아도
거저 간직한 페시즘의 미래를 위하여
우리는 처량한 목마 소리를 기억하여야 한다.
모든 것이 떠나든 죽든
거저 가슴에 남은 희미한 의식을 붙잡고
우리는 버지니아 울프의 서러운 이야기를 들어야 한다.
두 개의 바위 틈을 지나 청춘을 찾은 뱀과 같이
눈을 뜨고 한 잔의 술을 마셔야 한다.

인생은 외롭지도 않고
거저 잡지의 표지처럼 통속하거늘
한탄할 그 무엇이 무서워서 우리는 떠나는 것일까.
목마는 하늘에 있고
방울소리는 귓전에 철렁거리는데
가을바람 소리는
내 쓰러진 술병 속에서 목메어 우는데.

세 사람의 가족

나와 나의 청순한 아내
여름날 순백한 결혼식이 끝나고
우리는 유행품으로 화려한
상품의 쇼우 윈도우를 바라보며 걸었다.

전쟁이 머물고
평온한 지평에서
모두의 단편적인 기억이
비둘기의 날개처럼 솟아나는 틈을 타서
우리는 내성内省과 회한에의 여행을 떠났다.

평범한 수확의 가을
겨울은 백합처럼 향기를 풍기고 온다.
죽은 사람들은 싸늘한 흙 속에 묻히고
우리의 가족은 세 사람

토르소의 그늘 밑에서
나의 불운한 편력인 일기책이 떨고

그 하나 하나의 지면은
음울한 회상의 지대로 날아갔다.

아, 창백한 세상과 나의 생애에
종말이 오기 전에
나는 고독한 피로에서
영화永花 처럼 잠들은 지나간 세월을 위해
시를 써 본다.

그러나 창 밖
암담한 상가
고통과 구토기 동결된 밤의 쇼우 윈도우
그 곁에는
절망과 기아의 행렬이 밤을 새우고
내일이 온다면
이 정막의 거리에 폭풍이 분다.

낙 하

미끄럼판에서
나는 고독한 아킬레스처럼
불안의 깃발을 날리는
땅 위에 떨어졌다
머리 위의 별을 헤아리면서

그 후 20년
나는 운명의 공원 뒷담 밑으로
영속된 죄의 그림자를 따랐다
아, 영원히 반복되는
미끄럼판의 승강
친근에의 증오와 또한
불행과 비참과 굴욕에의 반항도 잊고
연기 흐르는 쪽으로 달려가면
오욕의 지난 날이 나를 더욱 괴롭힐 뿐

멀리선 회색사면灰色斜面 과
불안한 밤의 전쟁

인류의 상혼과 고뇌만이 늘고
아무도 인식하지 못할
망각이 지상에서
더욱 더욱 가라앉아 간다

처음 미끄럼판에서
내리달린 쾌감도
미지의 숲 속을
나의 청춘과 도주하던 시간도
나의 낙하하는
비극의 그늘에 있다.

영원한 일요일

날개 없는 여신이 죽어버린 아침
나는 폭풍에 싸여
주검의 일요일을 올라간다.

파란 의상을 감은 목사와
죽어가는 놈의
숨가쁜 울음을 따라
비탈에서 절름거리며 오는
나의 형제들

절망과 자유로운
모든 것을……

싸늘한 교외의 사구*에서
모진 소낙비에 으끄러지며
자라지 못하는 유용식물

---

*사구(砂丘) : 모래 언덕

20

낡은 회귀의 공포와 함께
예절처럼 떠나 버리는 태양

수인이여
지금은 희미한 철형*의 시간
오늘은 일요일
너희들은 다행하게도
다음 날에의
비밀을 갖지 못했다
절름거리며 교회에 모인 사람과
수족이 완전함에 불구하고
복음도 기도도 없이
떠나가는 사람과

상풍**된 사람들이여
영원한 일요이이여.

---

*철형(凸形): 가운데가 도도록한 형상
**상풍(傷風): 바람으로 생긴 병

기적인 현대

장미는 강가에 핀 나의 이름
집 집 굴뚝에서 솟아나는 문명의 안개
시인, 가엾은 곤충이여
너의 울음이 도시에 들린다.

오래도록 네 욕망은 사라진 회화
무성한 잡초원에서
환영과 애정과 비벼대던
그 연대의 이름도
허망한 어젯밤 버려지

사랑은 조각에 나타난 추억
이녕泥濘과 작별의 여로에서
기대었던 수목은 썩어지고
전신처럼 가벼웁고 재빠른
불안한 속력은 어디서 오나

침묵의 공포와 눈짓하던
그 무렵의 나의 운명은
기적인
동양의 하늘을 헤메고 있다.

불행한 신

오늘 나는 모든 욕망과
사물에 작별하였습니다.
그래서 더욱 친한 죽음과 가까와집니다.
과거는 무수한 내일에
잠들어 있었습니다.
불행한 신
어데서나 나와 함께 사는
불행한 신
당신은 나와 단둘이서
얼굴을 비벼대고 비밀을 터놓고
오해나
인간의 체험이나
고절된 의식에
후회하지 않을 것입니다.
또다시 우리는 결속되었습니다.
황제의 신하처럼 우리는 죽음을 약속합니다.
지금 저 광장의 전주처럼 우리는 존재됩니다.

쉴새없이 내 귀에 울려오는 것은
불행한 신 당신이 부르시는
폭풍입니다.
그러나 허망한 천지 사이를
내가 있고 엄연히 주검이 가로놓이고
불행한 당신이 있으므로
나는 최후의 안정을 즐깁니다.

미래의 창부

새로운 신에게

여윈 목소리로 바람과 함께
우리는 내일을 약속하지 않는다
승객이 사라진 열차 안에서
오, 그대 미래의 창부여
너의 희망은 나의 오해와
감흥만이다.

전쟁이 머물은 정원에
설레이며 다가드는
불운한 편력의 사람들
그 속에 나의 청춘이 자고
절망이 살던
오, 그대 미래의 창부여
너의 욕망은
나의 질투와 발광만이다.

향기 짙은 젖가슴을
총알로 구멍 내고
암흑의 지도, 고절된 치마 끝을
피와 눈물과
최후의 생명으로 이끌며
오, 그대 미래의 창부여
너의 목표는 나의 무덤인가
너의 종말도 영원한 과거인가.

벽

그것은 분명히 어제의 것이다
나와는 관련이 없는 것이다
우리들이 헤어질 때에
그것은 너무도 무정하였다.

하루 종일 나는 그것과 만난다
피하면 피할수록
더욱 접근하는 것
그것은 너무도 불길을 상징하고 있다
옛날 그 위에 명화가 그려졌다 하여
즐거워하던 예술가들은
모조리 죽었다.

지금 거기엔 파리와
아무도 읽지 않고
아무도 바라보지 않는
격문과 정치 포스터가 붙어 있을 뿐
나와는 아무 인연이 없다.

그것은 감성도 이성도 잃은
멸망의 그림자
그것은 문명과 진화를 장해하는
사탄의 사도
나는 그것이 보기 싫다.
그것이 밤낮으로
나를 가로막기 때문에
나는 한 점의 피도 없이
말라 버리고
여왕이 부르시는 노래와
나의 이름도 듣지 못한다.

불신의 사람

나는 바람이 길게 멈출 때
항구의 등불과
그 위대한 의지의 설움이
불멸의 씨를 뿌리는 것을 보았다.

폐에 밀려드는 싸늘한 물결처럼
불신의 사람과 망각의 잠을 이룬다.
피와 외로운 세월과
투영되는 일체의 환상과
시보다도 더욱 가난한 사랑과
떠나는 행복과 같이
속삭이는 바람과
오, 공동묘지에서 퍼덕이는
시발과 종말의 깃발과
지금 밀폐된 이런 세계에서
권태롭게
우리는 무엇을 이야기하는가.

등불이 꺼진 항구에
마지막 조용한 의지의 비는 내리고
내 불신의 사람은 오지 않았다
내 불신의 사람은 오지 않았다.

눈을 뜨고도

우리들의 섬세한 추억에 관하여
확신할 수 있는 잠시
눈을 뜨고도
볼 수 없는 상태는 어찌할 수가 없었다.

진눈개비처럼 아니
이즈러진 사랑의 환영처럼
빛나면서도
암흑처럼 다가오는
오늘의 공포
거기 나의 기묘한 청춘은 자고
세월은 간다.

녹슬은 흉부에
잔잔한 물결에 회상과 회한은 없다

푸른 하늘가를
기나긴 하계夏季 의 비는 내렸다.

겨레와 울던 감상의 날도
진실로
눈을 뜨고도 볼 수 없는 상태
우리는 결코
맹목의 시대에 살고 있는 것인가
시력은 복종의 그늘을 찾고 있는 것인가.

지금 우수에 잠긴 현창*에 기대어
살아 있는 자의 선택과
죽어간 놈의 침묵처럼
보이지는 않으나 관능과 의지의
믿음만을 원하며
목을 굽히는 우리들
오, 인간의 가치와
조용한 지면에 파묻힌 사자들

---

*현창(舷窓): 뱃전에 난 창

또 하나의 환상과
나의 불길한 혐오
참으로 조소로운 인간의 주검과
눈을 뜨고도
볼 수 없는 상태
얼마나 무서운 치욕이냐
단지 존재와 부재의 사이에서.

센티멘털 쟈니

주말 여행
엽서……낙엽
낡은 유행가의 설음에 맞추어
피폐한 소설을 읽던 소녀

이태백의 달은
울고 떠나고
너는 벽화에 기대어
담배를 피우는 숙녀

카프리 섬의 원정*
파이프의 향기를 날려 보내라
이브는 내 마음에 살고
나는 그림자를 잡는다

---

*원정(園丁) : 정원사

세월은 관념
독서는 위장
거저 죽기 싫은 예술가

오늘이 가고 또 하루가 온들
도시에 분수는 시들고
어제와 지금의 사람은
천상유사*를 모른다.

술을 마시면 즐겁고
비가 내리면 서럽고
분별이여 구분이여

수목은 외롭다.
혼자 길을 가는 여자와 같이
정다운 것은 죽고
다리 아래 강은 흐른다.

---

*천상유사(天上有事) : 하늘에서 일어나는 일

지금 수목에서 떨어지는 엽서
긴 사연은
구름에 걸린 달 속에 묻히고
우리들은 여행을 떠난다.
주말여행
별말씀
거저 옛날로 가는 것이다.
아, 센티멘털 쟈니
센티멘털 쟈니

행 복

노인은 육지에서 살았다
하늘을 바라보며 담배를 피우고
시들은 풀잎에 앉아
손금도 보았다
차 한 잔을 마시고
정사한 여자의 이야기를
신문에서 읽을 때
비둘기는 지붕 위에서 훨훨 날았다
노인은 한숨도 쉬지 않고
더욱 아무것도 바라지 않으며
성서를 외우고 불을 끈다
그는 행복이라는 것을 말하지 않았다
거저 고요히 잠드는 것이다.

노인은 꿈을 꾼다
여러 친구와 술을 나누고
그들이 죽음의 길을 바라보던 전날을
노인은 입술에 미소를 띠우고
쓰디쓴 감정을 억제할 수가 있다
그는 지금의 어떠한 순간도
증오할 수가 없었다
노인은 죽음을 원하기 전에
옛날이 더욱 영원한 것처럼 생각되며
자기와 가까이 있는 것이
멀어져 가는 것을
분간할 수가 있었다

지하실

황갈색 계단을 내려와
모인 사람은
도시의 지평에서 싸우고 왔다

눈앞에 어리는 푸른 시그널
그러나 떠날 수 없고
모두들 선명한 기억 속에 잠든다
달빛 아래
우물을 푸던 사람도
지하의 비밀은 알지 못했다
이미 밤은 기울어져 가고
하늘엔 청춘이 부서져
에메랄드의 불빛이 흐른다

겨울의 새벽이여
너에게도 지열과 같은 따스함이 있다면
우리의 이름을 불러라

아직 바람과 같은
속력이 있고
투명한 감각이 좋다.

거 리

나의 시간에 스코올과 같은 슬픔이 있다
붉은 지붕 밑으로 향수가 광선을 따라가고
한없이 아름다운 계절이
운하의 물결에 씻겨 갔다

아무 말도 하지 말고
지나간 날의 동화를 운율에 맞춰
거리에 화액*을 뿌리자
따뜻한 풀잎은 젊은 너의 탄력같이
밤의 지구 밖으로 끌고 간다

지금 그곳에서는 코코아의 시장이 있고
과실처럼 기억만을 아는 너의 음향이 들린다
소녀들은 뒷골목을 지나 교회에 몸을 감춘다
아세틸렌 냄새는 내가 가는 곳마다
음영같이 따른다

---

*화액(花液): 꽃즙

거리는 매일 맥박을 닮아 갔다
베링 해안 같은 나의 마을이
떨어지는 꽃을 그리워한다
황혼처럼 장식한 여인들은 언덕을 지나
바다로 가는 거리를 순백한 식장으로 만든다

전정*의 수목 같은 나의 가슴은
베고니아를 끼어안고 기류 속을 나온다
망원경으로 보던 천마의 미소를 회색 외투에
싸아 얼은 크리스마스의 밤길로 걸어 보내자

---

*전정(戰庭) : 전쟁터

이국 항구

에베레트 이국의 항구
그날 봄비가 내릴 때
돈나 캄벨 잘 있거라

바람에 펄럭이는 너의 잿빛머리
열병에 걸린 사람처럼
내 머리는 화끈거린다

몸부림쳐도 소용 없는
사랑이라는 것을 서로 알면서도
젊음의 눈동자는 막지 못하는 것

처량한 기적
데키에 기대어 담배를 피우고
이제 나는 육지와 작별을 한다

눈물과 신화神話 의 바다 태평양
주검처럼 어두운 노도를 헤치며
남해호의 우렁찬 엔진은 울린다

사랑이여 불행한 날이여
이 넓은 바다에서
돈과 캄벨 – 불러도 대답이 없다

새벽 한 시의 시

대낮보다도 눈부신
포오틀란드의 밤거리에
단조로운 그렌 미이라의 랍소디이가 들린다
쇼우 윈도우에서 울고 있는 마네킹

앞으로 남지 않은 나의 잠시를 위하여
기념이라고 진 피이즈를 마시면
녹슬은 가슴과 뇌수에 차디찬 비가 내린다

나는 돌아가도 친구들에게 얘기할 것이 없고나
유리로 만든 인간의 묘지와
벽돌과 콘크리트 속에 있던
도시의 계곡에서
흐느껴 울었다는 것 외에는……

천사처럼
나를 매혹시키는 허영의 네온
너에게는 안주가 없고 정서가 없다
여기선 인간이 생명을 노래하지 않고
침울한 상념만이 나를 구한다

바람에 날려온 먼지와 같이
이 이국의 땅에선 나는 하나의 미생물이다
아니 나는 바람에 날려 와
새벽 한 시 기묘한 의식으로
그래도 좋았던
부식된 과거로
돌아가는 것이다

부드러운 목소리로 이야기할 때

나는 언제나 샘물처럼 흐르는
그러한 인생의 복판에 서서
전쟁이나 금전이나 나를 괴롭히는 물상物象과
부드러운 목소리로 이야기할 때
한 줄기 소낙비는 나의 얼굴을 적신다

진정코 내가 바라던 하늘과 그 계절은
푸르고 맑은 내 가슴을 눈물로 스치고
한때 청춘과 바꾼 반항도
이젠 서적처럼 불타 버렸다

가고 오는 그러한 제상과 평범 속에서
술과 어지러움을 한하는 나는
어느 해 여름처럼 공포에 시달려
지금은 하염없이 죽는다

사라진 일체의 나의 애욕아
지금 형태도 없이 정신을 잃고
이 쓸쓸한 들판

'신이여, 우리의 미래를 약속하시오.
회환과 불안에 얽매인 우리에게 행복을 주시오.'
주민은 오직 이것만을 원한다

군대는 북으로 북으로 갔다
토막土幕 에서도 웃음이 들린다
비둘기들이 화창한 봄의 햇볕을 쪼인다

한 줄기 눈물도 없이

음산한 잡초가 무성한 들판에
용사가 누워 있었다
구름 속에 장미가 피고
비둘기는 야전병원 지붕 위에서 울었다.

준엄한 죽음을 기다리는
용사는 대열을 지어
전선으로 나가는 뜨거운 구두 소리를 듣는다
아, 창문을 닫으시오.

고지 탈환전
제트기 박격포 수류탄
어머니! 마지막 그가 부를 때
하늘에서 비가 내리기 시작했다.

옛날은 화려한 그림책
한 장 한 장마다 그리운 이야기
만세소리도 없이 떠나
흰 붕대에 감겨
그는 남 모르는 토지에서 죽는다.

한 줄기 눈물도 없이
인간이라는 이름으로서
그는 피와 청춘을
자유를 위해 바쳤다
음산한 잡초가 무성한 들판엔
지금 찾아오는 사람도 없다.

어린 딸에게

기총과 포성의 요란함을 받아가면서
너는 세상에 태어났다. 주검의 세계로
그리하여 너는 잘 울지도 못하고
힘없이 자란다

엄마는 너를 껴안고 삼개월 간에
일곱 번이나 이사를 했다

서울에 피의 비와
눈바람이 섞여 추위가 닥쳐 오던 날
너는 입을 옷도 없이 벌거숭이로
화차 위 별을 헤아리면서 남으로 왔다.

나의 어린 딸이여, 고통스러워도 애소[*]도 없이
그대로 젖만 먹고 웃으며 자라는 너는
무엇을 그리 우느냐

---

*애소(哀訴) : 슬프게 하소연함

너의 호수처럼 푸른 눈
지금 멀리 적을 격멸하러 바늘처럼 가느다란
기계는 간다. 그러나 그림자는 없다

엄마는 전쟁이 끝나면 너를 호강시킨다 하나
언제 전쟁이 끝날 것이며
나의 어린 딸이여, 너는 언제까지나
행복할 것인가
전쟁이 끝나면 너는 더욱 자라고
우리들이 서울에 남은 집에 돌아갈 적에
너는 네가 어데서 태어났는지도 모르는
그런 계집애

나의 어린 딸이여
너의 고향과 너의 나라가 어데 있느냐
그때까지 너에게 알려 줄 사람이
살아 있을 것인가.

고향에 가서

갈대만이 한없이 무성한 토지가
지금은 내 고향

산과 강물은 어느 날의 회화
피 묻은 전신주 위에
태극기 또는 작업모가 걸렸다.
학교도 군청도 내 집도
무수한 포탄의 작열과 함께
세상엔 없다.

인간이 사라진 고독한 신의 토지
거기 나는 동상처럼 서 있었다.
내 귓전엔 싸늘한 바람이 설레이고
그림자는 망령과도 같이 무섭다.

어려서 그땐 확실히 평화로왔다.
운동장을 뛰다니며

미래와 살던 나와 내 동무들은
지금은 없고
연기 한 줄기 나지 않는다.

황혼 속으로
감상 속으로
차는 달린다.
가슴 속에 흐느끼는 갈대의 소리
그것은 비참한 합창과도 같다.

밝은 달빛
은하수와 토끼
고향은 어려서 노래 부르던
그것뿐이다.

비 내리는 사경*의 십자가와
아메리카 공병이
나에게 손짓을 해 준다.

---

*사경(斜徑) : 비탈길

식민항의 밤

향연의 밤
영사부인에게 아시아의 전설을 말했다

자동차도 인력거도 정차되었으므로
신성한 땅 위를 나는 걸었다

은행 지배인이 동반한 꽃 파는 소녀
그는 일찍이 자기의 몸값보다
꽃값이 비쌌다는 것을 안다

육전대*의 연주회를 듣고 오던 주민은
적개심으로 식민지의 애가哀歌를 불렀다.

삼각주의 달빛
백주의 유혈을 밟으며 찬 해풍이 나의 얼굴을 적신다

---
*육전대(陸戰隊) : 군악대

무도회

연기와 여자들 틈에 끼어
나는 무도회에 나갔다.

밤이 새도록 나는 광란의 춤을 추었다
어떤 시체를 안고

황제는 불안한 샹드리에와 함께 있었고
모든 물체는 회전하였다.

눈을 뜨니 운하는 흘렀다
술보다 더욱 진한 피가 흘렀다.

이 시간 전쟁은 나와 관련이 없다
광란된 의식과 불모의 육체…… 그리고
일방적인 대화로 충만된 나의 무도회
나는 더욱 밤 속에 가라앉아 간다.
석고의 여자를 힘있게 껴안고

새벽에 돌아가는 길 나는 내 친우가
전사한 통지를 받았다.

가을의 유혹

가을은 내 마음에
유혹의 길을 가리킨다.
숙녀들과 바람의 이야기를 하면
가을은 다정한 피리를 불면서
회상의 풍경을 지나가는 것이다.

전쟁이 길게 머물은 서울의 노대*에서
나는 모딜리아니의 화첩을 뒤적거리며
정막한 하나의 생애의 한시름을
찾아보는 것이다.
그러한 순간
가을은 청춘의 그림자처럼 또는
낙엽 모양 나의 발목을 끌고
즐겁고 어두운 사념의 세계로 가는 것이다.

즐겁고 어두운 가을의 이야기를 할 때

*노대(露臺) : 테라스 발코니

목메인 소리로 나는 사랑의 말을 한다
그것은 폐원에 있던 벤치에 앉아
고갈된 분수를 바라보며
지금은 죽은 소녀의 팔목을 잡던 것과 같이
쓸쓸한 옛날의 일이며
여름은 느리고 인생은 가고
가을은 또다시 오는 것이다.

회색양복과 목관악기는 어울리지 않는다.
그저 목을 늘어뜨리고
눈을 감으면
가을의 유혹은 나로 하여금 잊을 수 없는
사랑의 사람으로 한다.
눈물 젖은 눈동자로 앞을 바라보면
인간이 매몰될 낙엽이
바람에 날리어 나의 주변을 휘돌고 있다.

사랑의 Parabola

어제의 날개는 망각 속으로 갔다
부드러운 소리로 창을 두들기는 햇빛
바람과 공포를 넘고
밤에서 맨발로 오는 오늘의 사람아

떨리는 손으로 안개 낀 시간을 나는 지켰다.
희미한 등불을 던지고
열지 못할 가슴의 문을 부쉈다.

새벽처럼 지금 행복하다.
주위의 혈액은 살아 있는 인간의 진실로 흐르고
감정의 운하로 표류하던
나의 그림자는 지나간다.

내 사랑아
너는 찬 기후에서 긴 행로를 시작했다. 그러므로
폭풍우도 서슴지 않고 참혹마저 무섭지 않다

짧은 하루 허나
너와 나의 사랑의 포물선은
권력 없는 지구 끝으로
오늘의 위치의 연장선이
노래의 형식처럼 내일로
자유로운 내일로……

구름

어린 생각이 부서진 하늘에
어머니 구름 작은 구름들이
사나운 바람을 벗어난다

밤비는
구름의 층계를 뛰어내려
우리에게 봄을 알려주고
모든 것이 생명을 찾았을 때
달빛은 구름 사이로
지상의 행복을 빌어 주었다.
새벽 문을 여니
안개보다 따스한 호흡으로
나를 안아 주던 구름이여
시간은 흘러가
네 모습은 또다시 하늘에
어느 곳에서도 바라볼 수 있는
우리의 전형

서로 손 잡고 모이면
크게 한 몸이 되어
산다는 괴로움으로 흘러가는 구름
그러나 자유 속에서
아름다운 석양 옆에서
헤매는 것이
얼마나 좋으니

전 원

I
홀로 새우는 밤이었다.
지난 시인의 걸어온 길을
나의 꿈길에서 부딪혀 본다.
적막한 곳엔 살 수 없고
겨울이면 눈이 쌓일 것이
걱정이다.
시간이 갈수록
바람은 모여들고
한 칸 방은 잘 자리도 없이
좁아진다.
밖에는 옥수수
낙엽 소리에
나의 몸은
점점 무거워진다.

Ⅱ
풍토의 냄새를
산마루에서 지킨다.
내 가슴보다도
더욱 쓰라린
늙은 농촌의 황혼
언제부터 시작되고
언제 그치는
나의 슬픔인가.
지금 쳐다보기도 싫은
기울어져 가는
만하*
전선 위에서
제비들은 바람처럼
나에게 작별한다.

---
*만하(晩夏) : 늦여름

Ⅲ
찾아든 고독 속에서
가까이 들리는
바람소리를 사랑한다.
창을 부수는 듯
별들이 보였다.
7월의
저무는 전원
시인이 죽고
괴로운 세월은
어데론지 떠났다.
비나리면
떠난 친구의 목소리가
강물보다도
내 귀에
서늘하게 들리고
여름의 호흡이 쉴새없이
눈 앞으로 지낸다.

IV
절름발이 내 어머니는
삭풍에 쓰러진
고목 옆에서 나를
불렀다.
얼마 지나
부서진 추억을 안고
염소처럼 나는
울었다.
마차가 넘어간
언덕에 앉아
지평에서 걸어오는
옛 사람들의
모습을 본다.
생각이 타오르는
연기는 마을을 덮는다.

나의 생애에 흐르는 시간들

나의 생애에 흐르는 시간들
가느다란 일년의 안젤루스

어두워지면 길목에서 울었다.
사랑하는 사람과

숲 속에서 들리는 목소리
그의 얼굴은 죽은 시인이었다.

늙은 언덕 밑
피로한 계절과 부서진 악기

모이면 지낸 날을 이야기한다
누구나 저만이 슬프다고

가난을 등지고 노래도 잃은
안개 속으로 들어간 사람아

이렇게 밝은 밤이면
빛나는 수목이 그립다.

바람이 찾아와 문은 열리고
찬 눈은 가슴에 떨어진다.

힘없이 반항하던 나는
겨울이라 떠나지 못하겠다.

밤새 우는 가로등
무엇을 기다리나

나도 서 있다
무한한 과실만 먹고.

장미의 온도

나신*과 같은 흰 구름이 흐르는 밤
실험실 창 밖
과실의 생명은
화폐 모양 권태하고 있다
밤은 깊어 가고
나의 찢어진 애욕은
수목이 방탕하는 포도*에 질주한다.

나팔소리도 폭풍의 부감*도
화변*의 모습을 찾으며
무장한 거리를 헤맸다.

---

*나신(裸身) : 벌거벗은 몸
*포도(鋪道) : 포장한 길
*부감(俯瞰) : 높은 곳에서 아래를 내려다 봄
*화변(花辨) : 꽃수술

태양이 추억을 품고
안벽*을 지나던 아침
요리의 위대한 평범을
Close up한 원시림의
장미의 온도

*안벽(岸壁) : 낭떠러지 물가

세월이 가면

지금 그 사람의 이름은 잊었지만
그의 눈동자 입술은
내 가슴에 있어
바람이 불고 비가 올 때도
나는 저 유리창 밖
가로등 그늘의 밤을 잊지 못하지
사랑은 가고 과거는 남는 것.

여름날의 호숫가
가을의 공원
그 벤치 위에
나뭇잎은 떨어지고
나뭇잎은 흙이 되고
나뭇잎에 덮여서
우리들 사랑이 사라진다 해도
지금 그 사람 이름은 잊었지만
그의 눈동자 입술은
내 가슴에 있어
내 서늘한 가슴에 있건만.

불신의 사람

나는 바람이 길게 멈출 때
항구의 등불과
그 위대한 의지의 설움이
불멸의 씨를 뿌리는 것을 보았다.

폐에 밀려는 싸늘한 물결처럼
불신의 사람과 망각의 잠을 이룬다.
피와 외로운 세월과
투영되는 일체의 환상과
시보다도 더욱 가난한 사랑과
떠나는 행복과 같이
속삭이는 바람과
오, 공동묘지에서 퍼덕이는
시발과 종말의 깃발과
지금 밀폐된 이런 세계에서
권태롭게
우리는 무엇을 이야기하는가.

등불이 꺼진 항구에
마지막 조용한 의지의 비는 내리고
내 불신의 사람은 오지 않았다
내 불신의 사람은 오지 않았다.

1953년의 여자에게

유행은 섭섭하게도
여자들에게서 떠났다.
왜?
그것은 스스로 기원을 찾기 위하여

어떠한 날
구름과 환상의 접경을 더듬으며
여자들은
불길한 옷자락을 벗어버린다.

회상의 푸른 물결처럼
고독은 세월에 살고
혼자서 흐느끼는
해변의 여신과도 같이
여자들은 완전한 시간을 본다.

황막한 연대여
거품과 같은 허영이여
그것은 깨어진 거울의 인상

필요한 것과
소모의 비례를 위하여
전쟁은 여자들의 눈을 감시한다.
코르셋으로 침해된 건강은
또한 유행은 전신의 방향을 봉쇄한다.

여기서 최후의 길손을 바라볼 때
허약한 바늘처럼
바람에 쓰러지는
무수한 육체
그것은 카인의 정부보다
사나운 독을 풍긴다.

출발도 없이
종말도 없이
생명은 부질하게도
여자들에게서 어두움처럼 떠나는 것이다.
왜?
그것을 대답하기에는
너무도 준열한 사회가 있었다.

15일간

깨끗한 시트 위에서
나는 몸부림을 쳐도 소용이 없다.
공간에서 들려오는 공포의 소리
좁은 방에서 나비들이 날은다.
그것을 들어야 하고
그것을 보아야 하는
의식儀式
오늘은 어제와 분별이 없건만
내가 애태우는 사람은 날로 멀건만
죽음을 기다리는 수인囚人과 같이
권태로운 하품을 하여야 한다.

창밖에 내리는 미립자微粒子
거짓말이 많은 사전辭典
할 수 없이 나는 그것을 본다.
변화가 없는 바다와 하늘 아래서
욕할 수 있는 사람도 없고
알라스카에서 달려온 갈매기처럼
나의 환상의 세계를 휘돌아야 한다.

위스키 한 병 담배 열 갑
아니 내 정신이 소모되어 간다. 시간은
15일 간을 태평양에서는 의미가 없다.
하지만
고립과 콤플렉스의 향기는
네 얼굴과 금간 육체에 젖어버렸다.

바다는 노하고 나는 잠들려고 한다
누만년의 자연 속에서 나는 자아를 꿈꾼다.
그것은 기묘한 욕망과

회상의 파편을 다듬는
음참한 망집妄執이기도 하다

밤이 지나고 고뇌의 날이 온다.
척도를 위하여 커피를 마신다.
사변四邊은 철鐵과 거대한 비애에 잠긴
하늘과 바다
그래서 나는 이제 외롭지 않았다.
—태평양에서

살아 있는 것이 있다면

현재의 시간과 과거의 시간을 거의 모두가
미래의 시간 속에 나타난다. —T·S 엘리어트

살아 있는 것이 있다면
그것은 나와 우리들의 죽음보다도
더한 냉혹하고 절실한
회상과 체험일지도 모른다.

살아 있는 것이 있다면
여러 차례의 살육에 복종한 생명보다도
더한 복수와 고독을 아는
고뇌와 저항일지도 모른다.

한 걸음 한 걸음 나는 허물어지는
정적과 초연硝煙의 도시 그 암흑 속으로……
명상과 또다시 오지 않을 영원한 내일로……
살아 있는 것이 있다면
유형流刑의 애인처럼 손잡기 위하여

이미 소멸된 청춘의 반역을 회상하면서
회의와 불안만이 다정스러운

모멸의 오늘을 살아나간다

……아, 최후로 이 성자聖者의 세계에
살아 있는 것이 있다면 분명히
그것은 속죄의 회화繪畵 속의 나녀裸女와
회상도 고뇌도 이제는 망령에게 팔은
철 없는 시인
나의 눈 감지 못한
단순한 상태의 시체일 것이다.

밤의 노래

정막한 가운데
인광처럼 비치는 무수한 눈
암흑의 지평地平은
자유에의 경계를 만든다.

사랑은 주검의 사면斜面으로 달리고
포악胞弱하게 조직된
나의 내면은
지금은 고독한 술병

밤은 이 어두운 밤은
안테나로 형성되었다.
구름과 감정의 경위도經緯度에서
나는 영원히 약속될
미래에의 절망에 관하여 이야기도 하였다.

또한 끝없이 들려오는 불안한 파장
내가 아는 단어와
나의 평범한 의식은
밝아 올 날의 영역으로
위태롭게 인접되어 간다.

가느다란 노래도 없이
길목에서 갈대가 죽고
우거진 이신異神의 날개들이
깊은 밤
저 기아飢餓의 별을 향하여 작별한다.

고막을 깨뜨릴 듯이
달려오는 전파
그것이 가끔 교회의 종소리에 합쳐
선을 그리며
내 가슴의 운석에 가라앉아 버린다.

의혹의 기旗

얇은 고독처럼 퍼덕이는 기
그것은 주검과 관념의 거리를 알린다.

허망한 시간
또는 줄기찬 행운의 순시瞬時
우리는 도립倒立된 석고처럼
불길을 바라볼 수 있었다.
낙엽처럼 싸움과 청년은 흩어지고
오늘과 그 미래는 확립된 사념이 없다.

바람 속의 내성內城
허나 우리는 죽음을 원하지 않는다.
피폐한 토지에선
한 줄기 연기가 오르고
우리는 아무 말도 없이 눈을 감았다.

최후처럼 인상은 외롭다.
안구처럼 의욕은 숨길 수가 없다.
이러한 중간의 면적에
우리는 떨고 있으며
떨리는 깃발 속에
모든 인상과 의욕은 그 모습을 찾는다

185…년의 여름과 가을에 걸쳐서
애정과 뱀은 어두움에서 암흑으로
세월과 함께 성숙하여 갔다.
그리하여 나는 비틀거리며
뱀이 들어간 길을 피했다.

잊을 수 없는 의혹의 기
잊을 수 없는 환상의 기
이러한 혼란된 의식 아래서
아폴론은 위기의 병을 껴안고
고갈된 세계에 가라앉아 간다.

일곱 개의 층계

가만히 눈을 감고 생각하니
지난 하루하루가 무서웠다.
무엇이나 거리낌 없이 말했고
아무에게도 협의해 본 일이 없던
불행한 연대였다.

비가 줄줄 내리는 새벽
바로 그때이다.
죽어간 청춘이
땅속에서 솟아 나오는 것이……
그러나 나는 뛰어들어
서슴없이 어깨를 거느리고
악수한 채 피 묻은 손목으로
우리는 암담한 일곱 개의 층계를 내려갔다.

「인간의 조건」의 앙드레 말로
「아름다운 지역」의 아라공
모두들 나와 허물없던 우인友人
황혼이면 피곤한 육체로

우리의 개념이 즐거이 이름 불렀던
「정신과 관련의 호텔」에서
말로는 이 빠진 정부와
아라공은 절름발이 사상과
나는 이들을 의시하면서……
이러한 바람의 낮과 애욕의 밤이
회상의 사진처럼
부질하게 내 눈앞에 오고 간다.

또 다른 그날
가로수 그늘에서 울던 아이는
옛날 강가에 내가 버린 여아麗雅
쓰러지는 건물 아래
슬픔에 죽어가던 소녀도

오늘 환상처럼 살았다.
이름이 무엇인지
나라는 애태우는지
분별할 의식조차 내게는 없다.

시달림과 증오의 육지
패배의 폭풍을 끓고
나의 영원한 작별의 노래가
안개 속에 울리고
지난날의 무거운 회상을 더듬으며
벽에 귀를 기대면
머나 먼 운명의 도시 한복판
희미한 달을 바라
울며울며 일곱 개의 층계를 오르는
그 아이의 방향은
어디인가.

식 물

태양은 모든 식물에게 인사한다.

식물은 24시간 행복하였다.

식물 위에 여자가 앉았고

여자는 반역한 환영을 생각했다,

향기로운 식물의 바람이 도시에 분다.

모두들 창을 열고 태양에게 인사한다.

식물은 24시간 잠들지 못했다,

회상의 긴 계곡

아름답고 사랑처럼 무한히 슬픈
회상의 긴 계곡
그랜드 쇼우처럼 인간의 운명이 허물어지고
검은 연기여 올라라
검은 환영이여 살아라.

안개 내린 시야에
신부의 베일인가 가늘은 생명의 연속이
최후의 송가頌歌와
불안한 발걸음에 맞추어
어디로인가
황폐한 토지의 외부로 떠나가는데
울음으로서 죽음을 대치하는
수없는 악기들은
고요한 이 계곡에서 더욱 서럽다.

강 기슭에서 기약할 것 없이 쓰러지는
하루만의 인생
화려한 욕망
여권은 산산이 찢어지고
낙엽처럼 길 위에 떨어지는
캘린더의 향수를 안고
자전거의 소녀여, 나와 오늘을 살자

군인이 피워 물던
물뿌리와 검은 연기의 인상과
위기에 가득 찬 세계의 변경邊境
이 회상의 긴 계곡 속에서도
열을 지어 죽음의 비탈을 지나는
서럽고 또한 환상에 속은
어리석은 영원한 순교자
우리들.

최후의 회화

아무 잡음도 없이 멸망하는
도시의 그림자
무수한 인상과
전환하는 연대의 그늘에서
아, 영원히 흘러가는 것
신문지의 경사에 얽혀진
그러한 불안의 격투

함부로 개최되는 주장酒場의 사육제
흑인의 트럼펫
구라파 신부의 비명
정신의 황제!
내 비밀을 누가 압니까?
체험만이 늘고
실내는 잔잔한 이러한
환영의 침대에서
회상의 기원
오욕의 도시

황혼의 망명객
검은 외투에 목을 굽히면
들려오는 것
아, 영원히 듣기 싫은 것
쉬어빠진 진혼가鎭魂歌
오늘의 폐허에서
우리는 또다시 만날 수 있을까.
1950의 사절단

병든 배경의 바다에
국화가 피었다.
폐쇄된 대학의 정원은
지금은 묘지
회서繪書와 이성의 뒤에 오는 것
술 취한 수부水夫의 팔목에 끼어
파도처럼 밀려드는
불안한 최후의 회화.

충혈된 눈동자

STRAIT OF JUAN DE FUCA를
어제 나는 지났다.
눈동자에 바람이 휘도는
이국의 항구 올림피아
피를 토하며 잠자지 못하던 사람들이
행복이나 기다리는 듯이 거리에 나간다.

착각이 만든 네온의 거리
원색과 혈관은 내 눈엔 보이지 않는다.
거품에 넘치는 술을 마시고
정욕에 불타는 여자를 보아야 한다.

그의 떨리는 손가락이 가리키는
무거운 침묵 속으로 나는
발버둥치며 달아나야 한다.

세상은 좋았다.
피의 비가 내리고
주검의 재가 날리는 태평양을 건너서
다시 올 수 없는 사람은 떠나야 한다.
아니 세상은 불행하다고 나는 하늘에
고함친다.
몸에서
베고니아처럼 화끈거리는 욕망을 위해
거짓과 진실을 마음대로 써야 한다
젊음과 그가 가지는 기적은
내 허리에 비애의 그림자를 던졌고
도시의 계곡 사이를 달음박질 치는
육중한 바람을
충혈된 눈동자는 바라다보고 있었다.
　　―올림피아에서

어느날

4월 10일의 부활제를 위하여
포도주 한 병을 산 흑인과
빌딩의 숲속을 지나
에이브라함 링컨의 이야기를 하며
영화관의 스틸 광고를 본다.
'카맨 죤스'

미스터 몬은 트럭을 끌고
그의 아내는 쿡과 입을 맞추고
나는 지렛 회사의 텔레비전을 본다.
한국에서 전사한 중위의 어머니는
이제 처음 보는 한국 사람이라고
내 손을 잡고
시애틀 시가를 구경시킨다.

많은 사람이 살고
많은 사람이 울어야 하는
아메리카의 하늘에 흰 구름
그것은 무엇을 의미하는가.

나는 들었다, 나는 보았다.
모든 비애와 환희를

아메리카는 휘트먼의 나라로 알았건만
아메리카는 링컨의 나라로 알았건만
쓴 눈물을 흘리며
'브라보' 코리언하고
흑인은 술을 마신다.

에베레트의 일요일

분란인*芬蘭人 미스터 몬은
자동차를 타고 나를 데리러 왔다.
에베레트의 일요일
와이셔츠도 없이 나는 한국 노래를 했다.
그저 쓸쓸하게 가냘프게
노래를 부르면 된다.
'파파 러브스 맘보'
춤을 추는 돈나
개와 함께 어울려 호숫가를 걷는다.
텔레비전도 처음 보고
칼로리가 없는 맥주도 처음 마시는
마음만의 신사
즐거운 일인지 또는 슬픈 일인지
여기서 말해 주는 사람은 없다.

---

*분란인: 핀란드 사람

석양.
낭만을 연상케 하는 시간
미칠 듯이 고향 생각이 난다.

그래서 몬과 나는
이야기할 것이 없었다. 이젠
헤어져야 된다.
—에베레트에서

다리 위의 사람

다리 위의 사람은
애증과 부채를 자기 나라에 남기고
암벽에 부딪치는 파도 소리에 놀래
바늘과 같은 손가락은
난간을 쥐었다.
차디찬 철의 고체
쓰디쓴 눈물을 마시며
혼란된 의식에 가라앉아버리는
다리 위의 사람은
긴 항로 끝에 이르는 적막한 토지에서
신의 이름을 부른다.
그가 살아오는 동안
풍파와 고절孤絕은 그칠 줄 몰랐고
오랜 세월을 두고
DECEPTION PASS에도
비와 눈이 내렸다.
또다시 헤어질 숙명이기에

만나야만 되는 것과 같이
지금 다리 위의 사람은
로사리오 해협에서 불어오는
처량한 바람을 잊으려고 한다.
잊으려고 할 때 두 눈을 가로막는
새로운 불안
화끈거리는 머리
절벽 밑으로 그의 의식은 떨어진다.
태양이 레몬과 같이 물결에 흔들거리고
주립공원 하늘에는
에머랄드처럼 반짝거리는 기계가 간다.
변함없이 다리 아래 물이 흐른다.
절망된 사람의 피와도 같이
파란 물이 흐른다.
다리 위의 사람은
흔들리는 발걸음을 걷잡을 수가 없었다.

잠을 이루지 못하는 밤

넓고 개체 많은 토지에서
나는 더욱 고독하였다.
힘없이 집에 돌아오면 세 사람의 가족이
나를 쳐다보았다. 그러나
나는 차디찬 벽에 붙어 회상에 잠긴다.

전쟁 때문에 나의 재산과 친우가 떠났다.
인간의 이지理知를 위한 서적, 그것은 잿더미가 되고
지난날의 영광도 날아가 버렸다.
그렇게 다정했던 친우도 서로 갈라지고
간혹 이름을 불러도 울림조차 없다.
오늘도 비행기의 폭음이 귀에 잠겨
잠이 오지 않는다.
잠을 이루지 못하는 밤을 위해 시를 읽으면
공백空白한 종이 위에
그의 부드럽고 원만하던 얼굴이 환상처럼 어린다.
미래에의 기약도 없이 흩어진 친우는
공산주의자에게 납치되었다.

그는 사자死者만이 갖는 속도로
고뇌의 세계에서 탈주하였으리라.

정의의 전쟁은 나로 하여금 잠을 깨운다.
오래도록 나는 망각의 피안에서 술을 마셨다.
하루 하루가 나에게 있어서는
비참한 축제이었다.

그러나 부단한 자유의 이름으로서
우리의 뜰 앞에서 벌어진 싸움을 통찰할 때
나는 내 출발이 늦은 것을 고한다.

나의 재산, 이것은 부스럭지
나의 생명, 이것도 부스럭지
아, 파멸한다는 것이 얼마나 위대한 일이냐.

마음은 옛과는 다르다. 그러나
내게 달린 가족을 위해 나는 참으로 비겁하다.

그에게 나는 왜 머리를 숙이며 왜 떠드는 것일까.
나는 나의 미로微路를 바라본다
그리하여 나는 혼자서 운다.

이 넓고 개체 많은 토지에서
나만이 지각이다.
언제 죽을지도 모르는 나는
생에 한 없는 애착을 갖는다.

검은 강

신이란 이름으로서
우리는 최후의 노정路程을 찾아 보았다.

어느 날 역전에서 들려오는
군대의 합창을 귀에 받으며
우리는 죽으러 가는 자와는
반대 방향의 열차에 앉아
정욕처럼 피폐한 소설에 눈을 흘겼다.

지금 바람처럼 교차하는 지대
거기엔 일체의 불순한 욕망이 반사되고
농부의 아들은 표정도 없이
폭음과 초연이 가득 찬
생과 사의 경지로 떠난다.

달은 정막보다도 더욱 처량하다
멀리 우리의 시선을 집중한
인간의 피로 이룬
자유의 성채城砦
그것은 우리와 같이 퇴각하는 자와는 관련이 없었다.

신이란 이름으로서
우리는 저 달 속에
암담한 검은 강이 흐르는 것을 보았다.

신 호 탄

수색대장 K중위는 신호탄을 올리며 적병
30명과 함께 죽었다. 1951년 1월

위기와 영광을 고할 때
신호탄은 터진다.
바람과 함께 살던 유년도
떠나간 행복의 시간도
무거운 복잡에서
더욱 단순으로 순화하여 버린다.

옛날 식민지의 아들로
검은 땅덩어리를 밟고
그는 주검을 피해
태양 없는 처마 끝을 걸었다.

어두운 밤이여
마지막 작별의 노래를
그 무엇으로 표현하였는가.
슬픈 인간의 유형을 벗어나
참다운 해방을
그는 무엇으로 신호하였는가.

'적을 쏘라
침략자 공산군을 사격하라.
내 몸뚱어리가 벌집처럼 터지고
뻘건 피로 화할 때까지
자장가를 불러주신 어머니
어머니 나를 중심으로 한 주변에
기총을 소사掃射하시오. 적은 나를 둘러쌓소.'

생과 사의 눈부신 외접선外接線을 그으며
하늘에 구멍을 뚫은 신호탄
그가 침묵한 후
구멍으로 끊임없이 비가 내렸다.
단순에서 더욱 주검으로
그는 나와 자유의 그늘에서 산다.

서부전선에서
「윤을수 신부」

싸움이 다른 곳으로 이동한
이 작은 도시에
연기가 오른다.
종소리가 들린다.
희망의 내일이 오는가
비참한 내일이 오는가
아무도 확언하는 사람은 없었다.

그러나 연기 나는 집에는
흩어진 가족이 모여들었고
비 내린 황토길을 걸어
여러 성직자는 옛날 교구敎區 로 돌아왔다.

아니 이즈러진 길목 처마 끝에서
부드러운 목소리로 이야기한들
우리들 또다시 살아나갈 것인가.

정막처럼 잔잔한
그러한 인생의 복판에 서서
여러 남녀와 군인과 또는 학생과
이처럼 쇠퇴한 철없는 시인이
불안이다. 또는 황폐롭다.
부드러운 목소리로 이야기한들
광막한 나와 그대들의 기나긴 종말의 노정은
예나 지금이나 변함 없노라,

오, 난해한 세계
복잡한 생활 속에서
이처럼 알기 쉬운 몇 줄의 시와
말라버린 나의 쓰디쓴 기억을 위하여
전쟁이나 사나운 애정을 잊고
넓고도 간혹 좁은 인간의 단상에 서서
내가 부드러운 목소리로 이야기할 때
우리는 서로 만난 것을 탓할 것인가
우리는 서로 헤어진 것을 원할 것인가.

새로운 결의를 위하여

나의 나라 나의 마을 사람들은
아무 회한도 거리낌도 없이 그저
적의 침략을 쳐부수기 위하여
신부와 그의 집을 뒤에 남기고
건조한 산악에서 싸웠다. 그래서
그들의 운명은 노호했다.
그들에겐 언제나 축복된 시간이 있었으나
최초의 피는 장미와 같이 가슴에서 흘렀다.
새로운 역사를 찾기 위한
오랜 침묵과 명상, 그러나
죽은 자와 날개 없는 승리
이런 것을 나는 믿고 싶지가 않다.

더욱 세월이 흘렀다고 하자
누가 그들을 기억할 것이냐
단지 자유라는 것만이 남아 있는 거리와
용사의 마을에서는
신부는 늙고 아비 없는 어린 것들은

풀과 같이
바람 속에서 자란다.

옛날이 아니라, 그저 절실한 어제의 이야기
침략자는 아직도 살아있고
싸우러 나간 사람은 돌아오지 않고
무거운 공포의 시대는 우리를 지배한다.

아, 복종과 다름이 없는 지금의 시간
의의를 잃은 싸움의 보람
나의 분노와 남아 있는 인간의 설움은
하늘을 찌른다.

폐허와 배고픈 거리에는
지나간 싸움을 비웃듯이 비가 내리고
우리들은 울고 있다.
어찌하여?
소기所期의 것은 아무것도 얻지 못했다.
원수들은 아직도 살아 있지 않은가.

이 거리는 환영한다
반공 청년에게 주는 노래

어느 문이나
열리어 있다.
식탁 위엔
장미와 술이
흐르고

깨끗한 옷도
걸려 있다.
이 거리에는
채직도
철조망도
설득 공작도
없다.

이 거리에는
독재도
모해謀害도
강제노동도
없다.

가고 싶은
거리에서
거리에로
가라
어디서나
가난한
이 민족
따스한 표정으로

어디서나
서러운
그대들의

지나간 질곡을
위로할 것이니

가고 싶은
거리에서
네활개 치고
가라
이 거리는
찬란한 자유의
고장

이 거리는
그대들의
새로운 출발점
이제 또다시
막을 자는
아무도 없다
넓은 하늘

저 구름처럼
자유롭게
또한
뭉쳐 흘러라

어느 문이나
열리어 있다
깨끗한 옷에
장미를 꽂고
술을 마셔라.

어떠한 날까지
이 중위의 만가를 대신하여

'형님 저는 담배를
피우게 되었습니다.'
이런 이야기를 하던 날
바다가 반사된 하늘에서
평면의 심장을 뒤흔드는
가늘한 기계의 비명이 들려왔다.
20세의 해병대 중위는
담배를 피우듯이
태연한 작별을 했다.
그가 서부전선 무명의 계곡에서
복잡으로부터
단순을 지향하던 날
운명의 부질함과
생명과 그 애정을 위하여
나는 이단異端의 술을 마셨다.
우리의 일상과 신변에
우리의 그림자는
명확한 위기를 말한다.

나와 싸움과 자유의 한계는
가까우면서도
망원경이 아니면 알 수 없는
생명의 고집에 젖어버렸다.
죽음이여
회한과 내성內省의 절박한 시간이여
적은 바로
나와 나의 일상과 그림자를 말한다.

연기와 같은 검은 피를 토하며
안개 자욱한 젊은 연령의 음영에
청춘과 자유의 존엄을 제시한
영원한 미성년
우리의 처참한 기억이
어떠한 날까지 이어갈 때
싸움과 단절의 들판에서
나는 홀로 이단의 존재처럼
떨고 있음을 투시한다.

불행한 샹송

산업은행 유리창 밑으로
대륙의 시민이 푸롬나아드하던 지난 해 겨울
전쟁을 피해 온 여인은
총소리가 들리지 않는 과거로
수태受胎하며 뛰어다녔다.

폭풍의 뮤즈는 등화관제 속에
고요히 잠들고
이 밤 대륙은 한 개 과실처럼
대리석 위에 떨어졌다.

짓밟힌 나의 우월감이여
시민들은 한 사람 한 사람이 '데모스테네스'
정치의 연출가는 도망한
아를르캉을 찾으러 돌아다닌다.

시장의 조마사調馬師는
밤에 가장 가까운 저녁때
웅계雄鷄가 노래하는 블루스에 화합되어
평행면체의 도시계획을
코스모스가 피는 한촌寒村으로 안내하였다

의상점에 신화神化한 마네킹
저 기적은 Express for Mukden
마로니에는 창공에 동결되고
기적처럼 사라지는 여인의 그림자는
재스민의 향기를 남겨주었다.

박인환(朴寅煥) 생애와 작품연대

*1926년(1세) 8월 15일 강원도 인제군 인제면 상동리 159번
지에서 아버지 박광선과 성숙향 여사 사이의 4남 2녀 중 맏
이로 출생.
*1933년(8세) 인제 공립보통학교에 입학하다
*1936년(11세) 서울로 이사, 종로구 내수동과 원서동에서 살
다. 덕수공립보통학교 4학년에 편입.
*1939년(14세) 3월 189 덕수공립보통학교 졸업. 이 해 4월 2
일, 경기공립중학교에 입학.
*1941년(16세) 3월 16일자로 경기공립중학교에서 자퇴, 한
성학교 야간반을 다닌다.
*1942년(17세) 황해도 재령의 명신중학교 4학년으로 편입
*1944년(19세) 명신중학교 졸업, 평양의학 전문학교(3년제)
에 입학.
*1945년(20세) 8 ·15 광복을 맞으면서 학업 중단. 종로2가 낙
원동 입구에 서점 '마리서사'를 개업하다.
*1946년(21세) 『국제신보』에 〈거리〉라는 작품으로 문단에
등단
*1947년(22세) 『자유신문』 문화부기자, 시 〈군상〉 발표

*1948년(23세) 봄에 서점 〈마리서사〉를 폐업. 한 살 아래인 이정숙(李丁淑)과 덕수궁에서 결혼식을 거행. 종로구 세종로 135번지에서 살다. 12월 8일 장남 세형 출생.

김경린, 양병식, 김수영, 임호권, 김병욱 등과 동인지 《신시론》 제1집을 발간. 『세계일보』에 〈나의 생애에 흐르는 시간들〉, 『민성』에 〈지하실〉, 『신천지』에 〈인도네시아 인민에게 주는 시〉, 〈아메리카의 영화시론〉, 〈샤르트르와 실존주의〉 등을 발표.

*1949년(24세) 김경린, 김수영, 임호권, 양병식 등과 5인 합동 시집 《새로운 도시로 시민들의 합창》을 발간. 모너니즘 운동에 참여, 『경향신문』 사회부 기자로 입사. 『민성』 지에 시 〈정신의 행방을 찾아〉 발표.

*1950년(25세) 6·25 동란이 일어나자 피난하지 못한 채 9·28 수복 때까지 지하 생활. 9·25일 장녀 세화 출생. 12월 8일 가족과 함께 대구로 피난.

*1951년(26세) 부산에서 종군기자로 활동. 〈신호탄〉, 〈고향에 가서〉, 〈문제가 되는 것〉, 〈벽〉 등을 발표하다.

*1952년(27세) 경향신문사를 그만두고 대한해운공사로 자리를 옮김. 주간국제에 〈현대시의 불행한 단면〉이라는 산문을 발표. 시 〈살아있는 것이 있다면〉, 〈어떠한 날까지〉, 〈부드러운 목소리로 이야기할 때〉 등을 이어 발표하다.

*1953년(28세) 5월31일, 차남 세곤 출생. 7월에 서울의 옛집
　으로 돌아옴. 시 〈1953년의 여자들에게〉 발표

*1955년(30세) 대한해운공사 소속 화물선 남해호의 사무장
　으로 미국을 다녀옴. 『조선일보』에 〈19일간의 아메리카〉를
　기고. 대한해운공사를 그만두다. 《박인환선시집》을 간행.

*1956년(31세) 〈목마와 숙녀〉, 〈죽은 아포롱〉, 〈옛날의 사람
　들에게〉 등을 발표. 3월 20일 밤 9시 심장마비로 자택에서
　사망. 9월 19일 망우리 묘소에 시비가 세워짐.

*1976년(20주기) 시집 《목마와 숙녀》 출간됨.

*1982년(26주기) 문집 《목마와 숙녀》 출간됨.

박인환 시집
목마와 숙녀

재발행 2017년 08월 20일

펴낸이 홍철부
펴낸곳 문지사

등록일 1978년 8월 11일 (제3-50호)

주   소 서울특별시 은평구 갈현로 312

영업부 02)386-8451
편집부 02)386-8452
팩 스 02)386-8453

값 6,000원

* 잘못된 책은 구입한 곳에서 바꾸어 드립니다.